Allgesang

Für
Eva Irblich
herzlich
Klaus Demus

Klaus Demus

Allgesang

Gedichte

Löcker

Gedruckt mit freundlicher Unterstützung des Bundeskanzleramtes, Sektion für Kunstangelegenheiten, sowie der MA7 – Kultur, Abteilung für Literatur.

Herstellung: Novographic, Wien
ISBN 3-85409-415-9

Inhalt

I

An Göttertischen
werden wir täglich
auf dieser Erde gespeist –
die große und kleine Natur
erstaunt, drin ist kein Ende:
was starren wir nur
in die eigenen Winkel? Träte
mit offener Seele ein jeder
in den sich als All erweiternden
Morgen, gewahrend das, was ist:
nicht Hiesigkeit schränkte ihn ein;
er hätte das volle Sein sich davon
genommen, und jubelte, überwältigt.

Steigerung

Glanz
spielt auf etwas,
von außen oder von innen:
„ist höheres Erscheinen."
Wovon? Vom nicht
Erfraglichen, das sich im
Wirklichsein als das
Beste behauptet:
entborgen unberührbar,
unausschaubar blendend.

„Da hellen sich die goldgewundnen Gänge,
ein Silbersaal steht auf im Oberlicht“ –
vergangne Träume melden sich zum Bild:
es ist dergleichen nichts mehr welt-vorhanden.

Die großen Innenräume
in der Seele
durchflieg ich, hart
am Schlaf, und mische mich
sogleich in meiner Träume
Leben. Als auf Reisen,
bin ich mir sodann
nicht da.

Find ich mich wieder,
abenteur’ ich in Geschichten
hauterlebter Räumlichkeit
und Zeit, stets schneller
fortbewegt mich an ein
Ziel zu bringen, das erlöst –

bis blaß eindringendes
Bewußtseinslicht
schmerzlich das Leuchtende
des Traums entkräftet und,
erstarrt, zerstört.

Es geschah, mit einem Ruck,
der Lebensschichtungen,
aller, Verwerfung.
Anschlüsse ans Nächste
waren, hilflos, gerissen.
Wieder erschreckt'
Nicht-aus-noch-ein-Wissens
Anfang: die Not
Jetzt.

Nach dem Herausfinden
hatte sich keine Faser
bewahrt dem Gedächtnis.
Ihm war, wie nach Schneefall,
alles begraben. Erst diesseits
tauchten wir langsam
empor, begann
Boden.

Freigesprochen erst auf den Höhn,
ließ er die Talweiten tief hinter sich
und ging, den Schmerz und den Grimm
am Fühllosen der Natur
und am Reinen ihres Gesetzes
sich zu heilen. Er wurde
ruhig. Als er das Große um sich
als das, was immer hier ist,
besser begriff, war er schon
ein andrer. Er sah sich
ein höheres Ziel. Und wenns ihn
von allen Seiten her offen, in

Fraglosigkeit umstand, konnts ihn
so draufhin wenden, daß ers,
vom Berg zurückgekehrt,
nicht mehr verlor.

Im Schicksal

Langsam werd der Nacht ich froh,
weil der Sterne Licht aufging:
finstrer Erde Übersich
holt auch mich ins Ganze ein.

Überirdisch strahlt des Alls
unbegriffne Wirklichkeit;
in die Seele fällt der Welt
Göttliches, die Erntesaat.

Dunklem Erdenhaus entgeh,
immer aufwärtsschaund im Licht,
meines Weges später Not
ich, der Not auch meines Ich.

Die Gassen schmal,
die Häuser sahn
einander ins Gesicht.
Hierin geboren sein!
Und dennoch: Kepler stieg
von hier auf ins Gestirn,

und Schubert füllt'
die Kirchenräume Lichtenthals
mit Messen. Keinem engt'
die Herkunft das Gesicht.

In ein paar Jahren bin ich nicht mehr da.
was wird dann fehlen? Denken kann ichs nicht!
Was aber, wenn wir alle nicht mehr da
sein werden auf der Erde? Denkbar ists
mit höchstem Aufgebot der Phantasie!
– Ganz ist die Welt von Seiendem besetzt:
hat sie doch meines kurzen Daseins auch
für ihres Plans Unendlichkeit bedurft.

M. G.

Als wir die toten Reste
durch das überquellende
Grünen und Blühn Ende Mais
langsam zu Grabe trugen,
hörte das Letzte des Regens
auf: voll standen die Perlen
auf Blättern, in allen Blüten;
es verschluchzte die Trauer rings,
um sich der Ewigkeit Höheres,
wie's jeder konnt, zu erschwingen:
als ob ein Engel, die Flügel
weit, über der Grube stünd,

fordert' der Schritt vorbei
des Augenblicks Bekenntnis
von jedem. Ihm sangen die
Vögel ringsum ins Ohr, ihn
umgab der Mittagswandel
des Regentags. Tröstung
war in dem allen enthalten.
Doch des Glaubens Geschiedenheit
blieb. Zwischen Hoch und Tief
schwankt' das Erbarmen.
Das offene Grab
blieb als Kluft erhalten.

Vor Platons Höhle

Unendliche Wege der Erde
blieben zu gehn, doch reizt schon
die größere Reise die Seele,
durchs All hin die ältesten
Träume neu zu erschaun.

II

In der Nacht

Das Abenteuer
des In-der-Welt-Seins
empfindet mein Geist:
Landkonturen des
Unbewußten tauchen,
halb wiedererkannt,
auf überm Horizont –
Bergwälder, wasserdurchstürzt,
in sich mit dem großen
Herzschlag der Quellen
ladend, wo Hylas ertrank;
und Apollons Frühmorgengestalt
eilt über die Insel –
Hyperboreerhauch
greift in die Segel, die
mythischen Promontorien
schmelzen ins Morgenrot:
fern-fern ereignet sich
schon einer Küste das Licht,
drauf die Träume des neuen
nachtausgebornen Tags
prophezeien: es wird
alles oberbewußt
von neuem, was nun
auf der Weltfahrt begegnet.

Das Westland: dort, wo
der untergehenden Sonne
goldenumatmete
Gefilde liegen: ein
Zauber gewordenes Reich,
für Augenblicke der
Ewigkeit heraus aus der
Zeit genommen – das
irdische Menschsein kennt es:
ein jeder, mit seinem hinzu-
getanen, eigenen Innen-Glück;
aber keiner betritts, und,
welch atmosphärischer
Täuschungen bedarfs,
sich aus der Sehnsucht
so etwas wie Poesie zu erwecken?!
Westland: das menschheits-
alte, von jeher geträumte
Ewige-Leben-Land.

Vom Berg in die Bergwelt blickend,
seh ich nichts Menschliches mehr:
Erde, die ewige alte Halbstern-
Natur, nach der vorzeitgrauen
Erfindung des Lebens heraus-
gemausert zum Paradies, das uns,
als Zerstörer, noch immer nicht
ausstieß: sie dehnt horizontrings
im Tagesgeschick sich hin:
sind wir nicht mehr, sind wir
noch nicht da? Es verweigert,

was Kette um Kette ragt, das
Recht sogar zu solcher Frage.
Moosflechtenwälder, Gestalten
gereckten Gesteins – ihrer
Linien Landschaftskonzert,
Licht-, Dunst-einheitlich
gestimmt, spricht stumm nur das
Eine aus: Welt; unsrer Erde
Welt. Wir empfinden, daß wir
einen Augenblick bloß
ihre Großheit mit uns unterbrechen.

Hoch von droben
leitet mir Phantasie
den übererfüllten Erdenblick
länderhinaus, verweilt
auf so mancher Gegend
schöngeschloßnen Gestalt
und erschaut wie im Traum
die kühnsten Erhabenheiten
unbewohnter Natur; aber
einzig doch such ich mir immer
dies zu erspähn: den Ort,
wo mein Leben ich haben
möchte, zuhaus. Ungezählten
lockts mich drin Schicksal
zu nehmen; nie jedoch traf
auf den einzigen mein Erkennen,
drin ich die Existenz mich
erfüllen sehn könnt, die
mir meine Parze versprach.

Grenzlos geweiteten Wassers Flächen,
liegend im Widerschein träger
mondverhaltender Himmel, überschau,
phantasieentführt, ich ins Leere:
irgendwo ist dies jetzt Wirklichkeit.
Geteilt glänzt des Spiegels gedämpfte
Helle, gestaltverändernd, als das
zeitbewegte Unendliche selbst,
in des Dunklungs- und Lichtprozesses
Mysterien. Droben wird, zwischen
Gewölk und Gestirn, Offenbarung
verschlüsselt; hier unten genügt
Poesie: die aus der Erscheinung
sich noch im getrübten Abglanz das
Leben des Alls ersieht, gebannt
in Schauung und Träumen.

„Traum"

Mit vielen ging ich abwärts eine Straße,
weil drunten fern ein Fest die Nacht durchflammte.
Im Geist war ich schon dorten, hört' die Pauken,
die zwischen Tempeln einen Platz durchschallten,
sah Opferfeuers Rauch und Tanzbewegung
von großen bunten Masken, die in Reihen
die vorgeschriebnen Schlingfiguren sprangen.
Indessen blitzt' vom Mond der Fluß, im Tale
tief unter mir, sein zaubrisch Lichtern lockte
gebieterisch dorthin: die Arme schwang ich,
ein Schwimmender, mitziehend stets im Glanz
....

Lampen wogen, unabsehbar
quillts noch immerfort herein;
im Gemurmel wird ein Tönen,
schon erkennbar Melodie:
gleich erbraust aus tausend Kehlen
Götterhymnus-Allgesang,
immer lauter; und sie stampfen,
unter Pauken; unbeschreiblich
schlingen Lichter durcheinander
die verschiedensten Figuren:
immer schneller, wie der Tropen
Feuermeere Funken strömen!
Aber als das erste Grau
aufsteigt, löschen alle Lichter;
und der Platz liegt menschenleer.

Urwald, Männerhaus; davor
großer Masken Geistertanz;
düstren kalkbeschmierten Leibern
Aufgetürme balanciert;
Schritte stampfend, nach der Trommel:
vor-zurück, und starre Sprünge;
wildes Drehen um sich selber,
rasend bis ins tollste Wüten,
stundenlang: ein pantomimisch
schauderhaftes Tanzgewoge.
Rings der Kreis gebannter Schauer:
ohne Weiber, ohne Kinder.
Kultbegängnis, tief in Bergen,
letzter Steinzeit-Papuas.

Zuseiten eines stampfenden Gewässers
verlor ich mich in ein noch Unbekanntes:
Traumschatten säumten steigend meine Schritte,
die mich ins Obere des Tales brachten,
wo Mond schon heller schien; bei letzten Bäumen,
vorm blendenden Bereich der Einsamkeiten,
der hoch ins Weite lag, einhielt ich, staunend,
als hätt ich mir das letzte Ziel errungen.

Im Nebel entlang an der Felswand:
sie verschwindet nach oben.
Ich rühre an ihr Gestein, ihren
Leib – über mir brauen schon
die verschleiernden Schwaden;
sie aber setzt sich im Blinden fort,
und ich weiß nicht, ob sie hinauf
bis ins Klare, ins Hüllenlose
des Tags reicht, wo alles
anders ist als hier drunten:
kein Ziel dem Schauen gesetzt
als die Grenzen der leuchtenden Erde.

Der Wald hält seine unzähligen Örter
fest beisammen – du erkennst sie
nach Jahren noch; ja es schlägt dir
ihr Bild sich, an das du seither nie
gedacht hast, im Gehn schon voraus:
„Das wird kommen!“ Es kommt; um
ein weniges zwar verändert, doch

mit den Spuren des Damals sogar,
um das es zugleich dir geht. Denn
das erste, das sich geprägt, will die
Wiederholung, es braucht kein andres.
Und so wird dir der Waldweg, wieder
und wieder begangen, ein Lebensweg:
seine Örter, licht-schatten-gestaltet
im Hochwachstum grüner Räume, gehören
dir innerlich an wie der frühesten
Träume Geschlecht; und es sagt dir:
hier bist du im Ganzen zuhaus, im
Nicht-Unterschiednen. Im Wald.

Haspelwald

Sommer um Sommer sucht ich
eines Waldrückens zerstückten
Zusammenhang zu erlernen:
auf ihm entlang mich zu finden:
weil bis in die Träume er
eingewachsene Schönheiten mir
enthielt; aber immer von neuem
wurd es ein nie sich genau
wiederholendes Abenteuer, das
gegen Abend des Unbetretenen
Reize noch mit Spätgefühlen
verband: so daß Jahr um Jahr
der Lockung, mitten im Irrsal
auf dieselben Plätze zu treffen,
wandernd im Ganzen erregt und
verzaubert zu sein, ich nicht
widerstand.

Hinterer Langbathsee

Lichtumhüllt von Morgensonne
und Kälteduft auf dem reifrauh
blendenden Eisparkett eines
Bergsees unter den Winterwänden –
der Raum hier droben, auf bloß
kristallenem Boden, hat
Himmelsverwandtes, reglose
Feierlichkeit des Unbegrenzten,
drin ortsveränderndes Schreiten
nur staunender Jubel ist
wie im Choral: einmal so
im Vorhof des Alls gewesen zu sein,
prägt sich fort fürs weitere Leben.

Kindheitserinnerung

Der Fluß im Mondlicht spiegelt und blitzt,
ich wandr' ihn entlang in der Frühlingsnacht,
hab auf seligem weitem Weg noch nachhaus
sein glänzendes Rieseln immer beiseit
und im leisen Erdonnern der Wehre den Glast
auf geschlossener Bögen Spiegelschwall.
Die Nacht ist atemrein, selig und weit,
Licht mangelt von unten, von oben mir nicht,
und im Grunde bin ich zuhaus schon, bevor
mein Weg wird am Ziel sich beenden.

Auf blendender Schotterinsel
im Fluß, der von den Bergen kam,
saß meine Mutter in ihrem
grünverschossenen Badegewand,
ein großes Huflattichblatt
als Sonnenschutz auf dem Kopf,
und las, Altgriechisch lernend,
im Homer. Wir beiden Buben
erfreuten uns derweil
im seichten und im tiefen Wasser,
das zwischen Wehren stiller,
aber reißend floß, und lernten,
so wie junge Hunde, darin
schwimmen. Gingen auch
den bunten Brekzien der Alpen
nach, die unsere Begehrlichkeit
erweckten, und tauchten, mit-
gerissen durch die Lücke,
mit dem Schwall das Wehr hinunter,
wo ein tiefes Becken uns
im Schäumen drunten
auftauchen ließ: Mutprobe
jedesmal. – So gingen uns
die Stunden des heißen Sommertags
zu dritt dahin. – Was
gäb ich drum, könnten sie
wiederkehren!

An des stadtfernen Inseldamms
äußerster Spitze, dort wo der
Kanal sich dem riesigen Strom,

seiner ungeheueren Breite, wieder
vereinigt, unter der uralten Au
Resten, den herrlichen hohen
Pappeln, aus deren Kronen der
Sommerluftzug säuselnd die
flockigen Samen versandte,
lagerten, badeten, rasteten wir;
wie im Einsamen exotischer
Kontinente der Urwaldströme:
so fern von Welt, und im Ganzen;
und wenn mit Motorengestampf
ein Schleppzug sich gegen den
Strom schob, ging es vorbei:
der bittre Geruch der Auwildnis
hinter uns gab ungestört sein Arom.
Vorposten Europas nach Asien
schien uns unser Idyll, an
wieder und wieder besuchten,
seither verschwundenen
Sommertagen.

Sie kamen an. Die Bootfahrt fand ihr Ziel.
Sternreich die Sommernacht. Der Reisetag,
begonnen weit von hier, versammelt sich
im Finstern in die Heimkunft. Noch hinauf
vertrauten steilen Wiesenhang zum Haus,
durch spätes Grillenzirpen. Doch bevor
sie ihres Lebens fast beneideten
Moment erreichen, wollen wir sie hier
verlassen. Fremdem Schicksal einzuschaun
geziemt sich nicht. So lösen wir das Boot,

sehn Lichter droben zünden zum Empfang
und rudern still auf unsern See hinaus.
Von Uferwohnung gleichermaßen fern,
verschweben wir inmitten Dunkels Glanz
von drunten, droben: einsam und allein.

Sehr bald, wenn allabendlich ich
ans Meer kam, erriet ich, obs
Ebbe war oder Flut: kaum schon
unterscheidend, was als Herein
und Hinaus der pulsierenden Wogen
Herzschlag war; sondern nach dem
Gesetz und Charakter des ganzen
Geschehens selbst. Worauf ich,
nach einer Weile, mit bloßen
Füßen, bedrängt oder zugelassen
ins Weichende, schreitend,
was herrschte bestätigt erfuhr.
Dem Ein- und Auswärtsatmen des
Ungeheuren, beidem, hatt ich mich,
mittuend, sogleich anheimgegeben:
und zog, im nächtlicher werdenden
Strandgang, vom stärkern oder leisern
Brandungsdonnern die immer mir
existenzbegleitende, all-
enthörte Musik.

Alpenfahrt

Vorüberzieht die Einsicht
in ein Tal: in andre Richtung
sich erstreckend zeigts
schon Weltverschiedenheit
an seiner Mündung: Glück,
das sich dem Wandrer dort verspricht,
blüht flüchtigstem Erkennen
leuchtend auf. Vorbei
an andrer Art Erblicktem drängt
Fortzugs Geschick, doch
jenes eine dort hat sich
im sehnenden Erträumen festgesetzt:
gewährts das Leben, dort das Tal
einmal, in seiner Welt, hinabzugehn.

Nachtbahnfahrt durch fremdes Land:
die im Schaudern erhaltne erregte Seele
macht sich aus Schatten und flüchtig
in Lichter getauchten Gestalten von dem,
was bei Tag sie so gerne gesehn, ein
einzig aus ihrem Träumen grundiertes
Bild – unfertig wird es ihr bleiben;
aber die inneren Wirklichkeiten,
von stärkster Erblickungsgewalt
fixiert, erhöhen es einst in den
Rang der Meisterwerke des eigenen
Schöpferlebens.

Längst akzeptiert des
Schienenstoßes Metrik,
streckenweise schaukelnde
Bewegung, in den Kurven
Fliehkraftpressung; achtfach
wiederholt Synkopentakte
über Weichen, daß erst hart
mit Schlägen, Rucken sich
die Ordnung glatten Eilens
wieder herstellt: Nacht-
bahnzug, europareisend.
Halb- und Ganzschlaf
unliebsam erweckt durch
Licht und Stillstand:
Grenzbahnhöfe; dann ins
unbekannte Dunkel
eingelullt und schlafgefangen:
ohn Bewußtsein, wie die Länder,
die durcheilt, durchmessen
werden müssen: daß das
Morgengraun Unruhe wecken
kann – so lang schon
streckt sich die Banlieue!
Dann, langsam eingeschoben,
Gare de l'Est, Paris.

Oostende

Wie die Englandfähre
ablegt' vom Kai, das
Schraubenwasser erbraust'

und der Kurs aus des Hafens
Tor sich das wirkliche Meer
gewann: verfolgt' ich auf Deck
allen Anfang der Fahrt
und gab dann alle die rauhen
Stunden mich nicht zufrieden,
bis, verlangsamt, ein
in Dovers geschütztes Becken
laufend, das Meer-Abenteuer
mir endet'.

Flug

Vom Pol südwärts den Meridian,
sah ich den Großen Ozean
nur immer himmlischer im Blaun
tief drunten Dunst und Wölkung baun
und gleich geschmolzenem Metall
den Silberblick auf Wassers All:
im wachsenden, des Morgens Licht
wuchs mir zum höchsten Weltgesicht
was mir die Erde je vergönnt,
heut noch zur Phantasie aufbrennt.

Flug

Um Mittag blendete
hoch über Frankreich hin

das weitverbreit'te Meer im Süden:
aufgeschmolznen Sonnensilbers
unermeßlicher Millionenblitz
der Wasser, kosmisch angeschaut.
Drauf trat Montblanc, der
Gletscherknoten Höchsteuropas,
bis zuletzt ins Anschaun, zu
Sees Ebene. Es hatt der Erde
Welttag heut sich offenbart.

Flug

Schon über die Chalkidike,
Hagion Oros hin, sah ich das Meer,
Akropolis, Sunion unter mir,
dann nur noch tiefdunkles Blau
mit der Wogen fein-weißen Streifen,
mit schwarzen und Silberzonen,
Lichts rieselnden Märchenweiten:
bis endlich des Lands Saum sich nähert'
im bräunlichen Dunst, mich hinter dem
zweifachen, dreifachen Brandungsband,
dem schmalen Strand, landein die
Erde plötzlich wieder empfing –
ein anderer Erdteil: Asien, Orient;
überstürzt ein verwirrend-betäubendes
Bild grün-hitzegefleckten Geländes.

Flug

Gefrornen Polmeers Mondnacht,
blendend endlos Schneeparkett:
da, plötzlich, schwarz, inmitten,
rund: kein Loch, doch blankgefegt
der Tiefe Fensterglas:
Tanzplatz jüngst ausgetobten Sturms;
spiralig ausgeschleudert halten
Wirbelwächten um den Fuß
des Wahnwitz' Kreiselndes
noch fest.

Flug: Aurora borealis

Über Boothia Felix sah ich
plötzlich in tiefer Nacht
aus tausenden Lichtstäben
sich einen bewegten Zaun
steilauf in den Weltraum
wölben, zuckend zusamt
wie Flämmchen winddurchstrichen
ruhlos den Ort wechselnd:
es stieg dem schwindelnden
Hoch-Blicken über alle Maße
lebendig lichternd hinauf
in die rätselhaft überirdische
Weltnacht droben, ein
Tor direkt ins Unfaßbare.

Flug

Ich erwachte, als drunten
die Färöer, Shetlands, Orkneys
vor Morgen die Lichter, noch
in der vollen Nacht, schon
entzündet hatten: nach der
durchflogenen Erdfinsternis
des Pols das erste Zeugnis
menschlichen Lebens – so
standen sie früh schon auf;
und zugleich erschien im Osten,
fern Skandinavien über, der
Lichtschein des neuen Tags –
es war wie Geburt des Ganzen.

Flug: Landung

Der Wolkengebäude hocheigner Raum,
am Sommermittag ins Übermaß von
toskanischen Geschlechtertürmen
hochaufgequollene Himmelsstadt:
zwischendurch seinen blendenden
Oberbauten entflammt der aus
langem Darüber absteigende Flug
sich zur augenaufreißenden
Träumefahrt ohnegleichen:
scheut, geraten ins Riesige, nicht,
graddurchtauchend, ihr flatternd
milchweißes Innres; gewinnt,
wieder frei, nochmals, schon am

Grund, das Urwaldgefühl; durch-
rauscht, mit aufsingenden Trieb-
werken, dichteres Grau im tieferen
Erdesuchen; erfährt, ins Drunten
des Tags gelangend, sein lichtarmes
Heut, noch grad aus der Sonne
kommend: um heckenreitend, zuletzt,
realistisch, dem Boden sich zu
vermählen.

III

Innengeschautes: Gegenwart, die
im Ausdruck sich alles erzeugt.
Zusammengefaßter Kräfte durch-
blitzter Einsatz arbeitet sich
durch die aufgerissene Brache
zu wehender Halme Frucht.
– „Ein ackerman, von
vogelwat ist mein pflug.“ –

Die Sprache
tauchte mit Gedichten auf.
Es war der Aktsaal
in Akademien! Dann
ersah sich das Gemüt
die Aufgabe der Zeit,
darin die eigne. Und damit
begann das Straße-Bauen
Stein um Stein: behauen,
nach dem Lot gefügt
und in den Grund gesenkt.
So bliebs! Wir haben nichts
mit Vorzeiten gemeinsam
als das unverrückbare
Gesetz der Sprachlichkeit.

Im tönenden Sprachbild
zeigt sich das erste Wort,
das im durchflügelten
Raum des Erinnerns einzig
Land nimmt: hier bei der
Quelle bleibst du,
begleitest ihr Rieseln,
stürzst über lang dich,
einmal anheimgegeben,
mit durch den Katarakt,
ob er kocht, ob ein Blaues
drunten die Tiefe spiegelt:
der Weg ohne Steg
wandert und schäumt
und reißt mit die Welt,
um die's dir zu tun ist.

„... Wein schlug wie ein Blitz
in mich" – für seinen Dionysos-
Dithyramben Archilochos:
wer wills leugnen? Aber:
hervorgebracht hat er,
nach ebenfalls höchstem
Zeugnis, nie nichts. Nur:
ob den Lorbeer der
kauenden Pythonissa Apolls
oder Dionysos' Rebengewächs
sich der gute Dichter
verordnet – ein Höheres,
dem er „geeignet" ist,
steht über ihm; und er sucht

seinen ganzen Strahl
in sich zu empfangen.

Daß die Lichter in den
Bildern stärker strahlen –
Ziel wars am Beginn schon,
Sporn bliebs durch die Zeiten,
einzige Poetik:
Hölderlins „Tief aber liegt das
ebene Weltmeer, glühend"
zog mich ewig auf sich.

„Tēs physeōs grammateus“

Den großen und hohen Schiffen,
die, immerfort Weltmeere befahrend
durch alle Längen und Breiten
in ozeanischer Existenz, der
Wasserwölbung geweitete Horizonte
umringen, geht ununterbrochen
Gestirn auf und unter: enttaucht,
versinkt elementischem Bett,
und mit unerhört groß entfaltetem
Prunk zwischen Himmel und Erde.
Viele sehns. Ich aber möchte,
des göttlichen Weltgangs Chronist,
immerfort überall Zeuge sein
dessen, was jetzt geschieht.

„Tasso“

Nur über mich hinaus sicher,
schwank ich doch in mir selbst.
Es hat alles Bemühn nichts
geholfen: ausgegeben ans Werk,
blieb ich in meinem Ich arm.
Und nur durch Zuwendung andrer
fühlt’ ich mich halbwegs gestützt.

Als er, da es zu Tische ging
am Frauenplan, an Seiner Hand
in Tränen ausbrach; abends hin-
bestellt das Herz nicht hatt’, mit Ihm
allein zu sein; als er uns dies
Bekenntnis niederschrieb, zeigt’ er
– wie sonst in allem – unsre Art,
den Österreicher: kompliziert,
und einfacher zugleich. Das heißt:
auch uns ist Weimar Rom; doch Rom
ist jung, das Ältere sind wir.
Er wußts, da er sich Ihm entzog.

Wenn im Dichten
das Denken nicht fehlt,
ist der Weltspiegel
Alexanders
übertroffen.

IV

Die schweren Abendgebete
hatten ein Ende.
Im Chor erhob sich das
De profundis exclamavi.
Sie wußten, es war –
draußen stand, wieder einmal,
der Feind, die Barbaren aus Osten –
ihre letzte Nacht. Die
nächste sah alles in Feuer.

Die großen altersgrauen Häuser:
so wie Menschen stehn sie hin
in Abbruchfernen, im Verfall;
doch dauern sie oft lange noch,
die beßren Zeiten im Gehäuse
bergend: unbewohntes Dämmern
drin bewahrt noch eine Wärme,
unsäglichen, feineren Lebens,
Duft – der plötzlich uns, was wir
an Welt verloren, erraten macht.

Wer Licht schlug und es seiner Kerze
aufwärtssprühn ließ, daß ihm dran

das Schattenschauspiel, wegsichdrehnd
im Gehn, entlaufen mußt: erfuhr
lebendiger die Nacht. Dachstuhl
von Kathedralen, urwaldhaft
die Ständer, Streben: Feuerwacht
beging ihn bei Gewittern: voller
Donnern dröhnend aller Raum!
In Kindsnöten den Arzt zu holen,
schwankt' der Wald um Mitternacht
dem, der in Einschicht haust': sein Licht
flieht durch die Stämme. Spät vom Tanz
kehrt' einer heim: Gebüsch durchblinkt'
der Handlaterne Auf und Ab
des letzten Rundums Melodie.
Wohin ist all dies Leben? Un-
zählbar erfüllts die Gräber. Wir,
die Nachtungläubigen, versagen,
wenns einmal finster ward um uns.

Sich durch die Zeiten zu finden,
war auch in Bergwerksstollen
längst dem Licht von heut
untergrabner Geschichtlichkeit
Lebens um so viel werter:
es stand eine Welt drum herum.
Nah engt' das Gestein. Doch
der Mann mit der Lampe
– aus Goethes Märchen –
trat bisweilen heraus, und es
strahlte das Felsgemach:
die Könige saßen vor Ort,

sie entschuldigten, sinnweis,
das Schicksal. Kein Glaube
gebrach dem Bedeuten. Man lebte
mit eigenem Blut all das Ganze.

Es war noch lang vorm Krieg; ein
ruhig heißer Sommernachmittag.
Die hohen Pappeln flüsterten,
wie einer Bühne Raum teilt' sich
der Platz in Licht und Schatten,
und wir liefen aus dem Bad heraus,
nur um ein Eis zu holen; schlüpften
wieder dann hinein. Um uns floß
selbstverständlich traumgenoßnes
Glück, das noch kein Ende kannte.
Immer leuchtets, in der Flucht
der Jahre fast noch am Beginn,
und fast als letztes Bild von einer
schönen ungestörten Welt.

Daß wir nicht wissen, was es
im Größten und Ganzen
mit uns vorhat, trotz
unsres Spätseins Gefühl,
läßt uns den Wermut-Stern,
in all unsre Brunnen strahlend,
nicht als der Siegelöffnungen
sieben eine erkennen: so

taumeln ungeeinigt wir weiter
auf bebendem Boden, frevelnd
die einen, die andren voll Angst,
und müssen einander erschlagen.

Jeden hohnvoll von Schlammflut
ausgerißnen, vernichteten
Stecken des alten Zauns
befestig ich wieder im Grund:
Paradeisos hieß erstmals uns Welt,
ein dämonenbedroht umschlossener
Gartenbezirk; nun muß ich
mit hauendem Flammenschwert
selber der Engel sein: die Feinde
sind drinnen wie draußen.

In meiner Lebenszeit
war zweierlei:
das Ende der alten Welt
– das immer noch weitergeht –,
und wie wenn einer, zu früh
erwacht, ins Fenster hinausgelehnt
das Werden des Tags, wie das
Innerste einer neuen Religion,
sich ersieht: wie es mählich
aus einem Drüben aufwärtssteigt
im allverbreiteten Grau –
und ich wandte dem einen

den Rücken, dem andren,
vor mir, gab ich mich ganz und gar.

Der allesverstrahlende
Einstand von droben ist
gegenwärtig, ist da.
Sein großes Geschehnislicht
öffnet das Wirkliche neu.
Es blendet. Und nur
im Zeichen ersieht sichs
der Künstler; der Dichter
stürzt wie in den Ätna
sich in den Grund.

V

Im funkelnden Diadem
der Kathedralen, denen ich
bis in die Türme stieg, war
das edelgesteinte Juwel,
Altfarbenhaus Lichts
und Geheimnisraum, trotz
Lâon, Amiens, Reims, Soissons
und Beauvais, nur Chartres;
auch Nôtre Dame, mit den
Radrosenfenstern Nord-Süd,
stand zurück. Jener Licht-
durchflutung Heiligkeit
blieb unübertroffen.

Venezianischer Morgen
meernah gesättigtes Leuchten
güldet sich hochverstrahlt
über den schattenverschluchtet
steinernen Kranzgefäßen
des großen Herzens: bis jenseits
Giudecca und Zattere
leuchtet San Marcos Goldnes,
und die fünfhundertjährigen
Namen der Senatoren der Kunst
herrschen über das Ganze.
Der Adel der Fischer auf
Pfählen hat hoch gebaut!

Goethes „Taschenkrebs“ war
die vollendete Gründung.

In Cefalù

Am Morgen bestiegen wir
den Felsklotz und schauten
aufs unendliche Meer,
am Abend, auf den vordersten
Blöcken der Brandung,
in den Sonnenuntergang;
und der Kathedrale
majestätischer Pantokrator
überschaute unseren Schlaf
im vorhanggeteilten
Festsaal des Erzbischofs –
es war wie zu Goethes Zeiten.

Romanische Türme, Millstatt

Sie werden immer kantiger und klarer,
Jahrhunderte hindurch in unsre Zeit;
die alte Last macht ihren Ausdruck wahrer:
sie stehn, ein Monument der Ewigkeit.

An ihnen schaut sich, was wir nicht mehr tragen:
daß sich Vergänglichkeit von Kind zu Kind
auf in den Himmel hebt, in den sie ragen;
daß etwas dauert, wenn wir nicht mehr sind.

Hunderte weißsteiler Kirchen
in Nowgorods einsamen Rasen;
fast leer; aber an Pfeilern
und Mauerflächen steigen
bis in die Kreuzkuppeln hinauf
des ekstatischen Feofan Grek
genialische Malereien: asketisch
entflammte Inbrunst; der andre
russische, religiose Rausch.
Weltentrückend entschwang sich
der lebenzerschrotenen Seele
ins Zentrum der Geist.

Aufglänzt die Fayence seiner Kuppeln,
der über Wüsten von Osten her-
dringende Strahl hat sie erreicht:
Samarkands zeitloser Morgen.
Karawanen verlassen die Hane,
das Schnauben und Trappeln
verliert sich. Schon steigt eines
Orients ewige Sonne über die aus
Zerstörungen sich immer erhebende
Märchen-Stadt: der ihres Glanzes
Verschwendung, wie das nicht rostende
Gold, sich nie aus Träumen verliert.

Mondneblung, altchinesisch:
Landschafts-Geologisches

ragt abenteuerlich, differenziert
durch Lyrik, auf: Natur im Großen,
taoistisch Urpolarität;
in feinsten Lichtes Atmosphäre
Berge, Wasserfälle, Tempel, Wald;
vom einsamen Subjekt, das
mit dem Pinsel dichtet, allem
fern in seinem Haus erschaut.

Dürer, Aquarell: Felspartie

Landwandernd, hielt mich an,
hier Kunst aus der Natur heraus-
zureißen: eines Felsaufbruchs,
im Stein blaß weinrot durch-
gefärbt, zerschartetes Gewänd,
hart, klüftig scharf, doch un-
zerbrochen voll Zusammenhang;
kaum Braue der Bewuchs;
das wunderbarste Erdenstück,
dem Maler aufgegeben. Tief
geriet ich da ins Letzterschaun:
es schloß mein Blatt das Göttliche,
real, mit ein, unendlich, wie
es war, in seiner Treue.

Dürer, Maximilian I.

Die knochig monströse Nase,
die schwergekniffenen Augen,
der hochmütig offen-
geschürzte Mund; und
die kaiserliche Gesamtform,
fast blasphemisch, über aller
Nichterwähltheit des Gottesgnadentums:
Habsburgs ob allen Vögeln
scharfes Adlergesicht,
zum ersten- und letztenmal.

Rubens, Prado

Aufgenommen in herrlichste hohe
Bäume strahlt schon die Sonne,
es fallen überall Schatten ins
Leuchtende, der Abend ist nah:
doch endet sich jetzt erst jene
Jagd auf den Eber, am sumpfigen
Grunde des Walds: es hat Atalante,
im Ansprung göttlich bewegt, ihm
grade den Pfeil ins Leben geschickt;
er zürnt noch; doch Meleager
erwartet ihn schon mit gesenkt
abtuendem Eisen. – Natur!
Poesie erschafft sie im Höheren,
und auf mythischem Grund.

J. Chr. Erhart, Aquarell

Von hier, wo ein paar Bäume stehn,
fällt schon der Weg ins Tal. Ein Berg
grad gegenüber sendet mir
in Sommerfarbenduft getaucht
das Bild von seinem Sein im Licht,
klar sehnsucht-schön. Doch mehr entzückt
glücklichster Töne Harmonie
im Nächsten: Baumlaub, Strauch, Terrain.
Das Augengleichnis allen Seins
herauszubilden, war das Tun
des Malers: Sinnen-Poesie,
aus Geist des Augenblicks und Orts.

„Mit dem Hauch wirklich gelebter Tage"
wirken zum letztenmal auf uns die
Zeichnungen aus der alten Welt, bevor
die moderne begann. Was ist dies?
Hat der Künstler, der draußen
in Licht und Schatten, drinnen
im Kerzenschein, festhielt was
ihn als Motiv ergriff, dazu noch
die Obertöne der Grundmelodie, die
der Existenzverhaftung, empfunden,
daß sie sein Schildern in jenen
Grenzen bestimmten? – Er wußt es
besser als wir. Seiner Schöpfung
Gehalt durchwogt uns als einer
verlornen und nieverschmerzten,
einstmals unsrigen Welt, die uns
als die letzte erscheint.

Zu Bildern von J. D.
Silberstift: Protea

Vieltausend kurzer Striche –
und die Sonne dreht
mit Flammen, Wall und Dom
ihr rad-erstrahlend Selbst;
emporgeöffnet wem?
Dem Blüte wie auch Stern
auf sich gerichtet sind,
bewegend-unbewegt.

Silberstift: Ananas

Nur Schuppen, rhombisch, die,
behaart und schildgehörnt,
der goldnen Götterfrucht
voll Fleisch und Saft Gefäß
vom Paradiese sind,
und kunstgerecht geziert;
vom Haupt des Bechers stößt
dreifach der grüne Schopf
des Urwalds. Künstlerfleiß
hat jeder einzelnen
Wahrheit bewahrt: wie ein
Skorpion der Stachel, ab-
gewelkt, gliedweis versetzt
der Panzerrock: ihn wölbt
der Bauch nach außen, wo
das Muster triumphiert.

Radierung: Vogelnest

Im sonnverbrannten Busch
mit hartgeschrumpften Beeren:
zierlichst drin Zaunkönigs
Nest, aus Hunderten von
Halmen in das schönste
Rund geflochten. Voll-
kommnes Gebild. Es hats
Bewunderung nachhaus-
getragen, feinster Linien
dann, mit Diamant,
in Kupfer ausgeprägt:
der Schwarzkunst Meisterstück.

Radierungen: Steine

Keiner hat so noch Gestein bedrängt,
sich, ein „Totes“, zu offenbaren:
Realität versus Wiklichkeit!
Das unverkürzt-vollständig aus-
gesehene Trumm gilt fast für ein
Stück Spinozas: des „Gottweltalls“
einzig-eine Substanz. Ein
Teil Universum! Von da,
nach beiden Seiten unendlich,
erstreckt sich die Dimension,
mitteninn das Konkrete erstarrt’.

Auf eine Radierung:
Verewigt von liebender Hand

Gebrochen das Rückgrat,
aber der Bergsalamander,
das liebliche Geschöpf,
zeigt nur noch mehr uns sein
Wesen in dieser Gestalt,
daß wir dem schwarzen
Verkrümmten das Leben glauben:
so unausgedrückt sein Tod.

Pinsel in Bister

Strahlt ein Baum hoch aus der Erde,
überwältigt die Gebärde:
Wasserströme auszustoßen
scheint Lebendiges im großen,
während voll die Blätterhülle
sich bedient der Feinheit Fülle
und die schwach besetzten Massen
lichtdurchwegt die Schatten fassen.
Baum ist, aus den Tiefen träumen
als ein Stern in eignen Räumen,
drin sich Mond und Tages Sonne
Häuser baun in Strahlens Wonne;
wenn er sich in Blüten blendet,
nur sich Himmel selbst vollendet.
Göttlich kann nichts höher bauen
als ein Baum, im Blau zu schauen.

Erdlebenbild

Ein Sommertag: der Weg führt hin
am Wald, an seinen Rändern; Licht
und Schatten malten ihn; Gewölk
im Himmel zieht die weiße Bahn.
In gleichen Sonnenstand gerückt
trennt helles sich von dunklem Grün,
gleich auch verflimmert der Kontur
des Wachstums in der Wärme. Groß
ist alles Leben; stimmt zusamm,
wie Dasein Gegenwart besteht.
– Es ist die Welt! Ihr Gleichnis, hier,
die nachvollzieht, als Kreatur,
Allgöttlichkeit, dran teilhat, wie
der Teil im Ganzen sich verliert.

„Lievenswäldchen“

Am Sommermittag schau ich in das Land.
Der Duft nimmt weg und ordnet anders an.
Ein jedes ruht in sich; das Nah schon fern;
das blasse Bergblau draußen schwimmt: dort liegt
der Himmel als der Raum der Erde auf,
weiß und fast einerlei. Mir steht hier Wald
an grüner Seite, tiefendunkel, voll
unausgemachtem Leben. Daß ich ihm,
streng Rändern ausgeschieden seinem Reich,
die Mittagsstunde teilen darf, gilt viel:
sein ungeheures Schattenhaus erzählt.
Wie ich am Ort geschickverhaftet so
die stumm-geschlagne Weile trug, entzieht
sich jedem Sagen. Ist im Bild zu sehn.

Taghimmel

Große Tage gibts in des Himmels
herrlichen Bläue-Räumen,
wo im Getümmel der Wolken
blendend, blühend, schattengestuft
das Licht sich am Obren, dem
All angehörend, erst auftut:
wo uns des Höchsten Schauspiel
gleich mit den Mächten setzt,
daß wir die Existenz hinauf ins
Anschaun des Wunderbaren tragen:
daß wir inmitten von dem, was
im Himmel heut als das Ganze geschieht,
nichts verfehlen, sondern dabei sind,
einem Gewaltigen und Schönen.

Große Malerei

Das rote Abendschiff blüht riesig
überm Tal, ein Glutgewölk,
das weltfern noch die Flammung
abgrundsinkenden Gestirns
empfängt und überm Finsterwerden
lohen läßt – Drin tritt
halb Ird-, halb Himmlisches
zugleich in Existenz, wie sich
Erhabnem Schönheit selbst erweckt:
ein Fährschiff, schwebt die
glühnde Wolke überm Tal,
aufnehmend was hinüberwill:

und aller Seelen schon entschloßne
Schar wünscht sich drin einzuschiffen:
hangend an der Feurigkeit
des annoch unverratnen Augenblicks.

Himmelsbild: Notturno

Nacht, die sich ihres Dunkels schlecht versieht:
verborgnem Mond umsilbert sich Gewölk,
dahinter Helleschleiern Raum verträumt;
davor aus Finsternis geborner Streif
durchstörend Diesseits' ganze Nähe geht,
Lichts Jenseitshoffnung kaum erlaubend; daß
grundauf noch Schwärze quillt. Wir sehn: wohl ist
der Reinheit Schein, das Leuchten dort der Welt,
ums Leben fast bedroht; und doch vergibt
der Trost sich nicht: unendlich ist die Zeit,
sie wirkt, daß stets das Licht auch eingelöst.

Nachthimmel

Sieh – fern im Himmel
verschiebt sichs, dort öffnet
sich Mondlicht den Eingang:
wie sanft-aufregend das
Dortsein wär, im heiligend
strömenden Scheinen:
nimms dir für dich, von wo's
nur für sich dort geschieht..

Monotypie

Schon finsterts tief im Wald –
da gräbt noch jäh
stärkstes Erscheinungslicht
den Schacht ins Innre: ists
der erdenahen Sonne
Abschiedsstrahlen?
Schattendunkel bräunend
wie von größrem Brand,
scheints nicht gestirnhaft.
Als ein Wunder, sucht
Walddunkeln etwas heim von
draußen: blendend Licht.

VI

Wolken der Nacht,
wie befehligt ihr
fern noch den Morgen?
Es streift euer Graues
fließend dahin, ihr
tragt was erst kommt
mit euch, daß aus
Gestern ein Heute werde:
das Niemals-Noch
spiegelt sich ab in eurer
unabgeschloßnen Gestalt,
als Zukunft, ihr träumt
wie ihr seid voraus;
Erschautwerden abgetan,
steht ihr nur im Sein
eines Ganzen.

I
Das leiseste Zittern
im Naßbeglänzten
zeigt Himmels lautlosen
Nachtbesuch auf der Erde –
trüb durch den Dunst,
der sich tiefer herabsenkt,
brennen die Lichter:
immer, wir aber wissen
nie, was sie will, hat
die Welt das Ihre zu tun.

II

Lichts Zittern nächtlich im Reflex
des nassen Bodens, wenns nur leis
auch wittert, bannt das Schaun: es wird
das Zeitliche im Aufblitz stets
vom Ewigen verbraucht und doch
dran Daseins Kette fortgesetzt
wie auch der Seelen: nur dadurch
gibts Welt, daß eins aus seinem Punkt
immer das Ganze spiegelt; bist
du's selbst, trägst unfaßbar die Last
du auf den Schultern. Existenz
ist andres nichts als Göttlichkeit.

III

Das Glanzparkett des Regens
läßt der Tropfenblüten Licht
aufsprießen, nachts, so wie
ein Meer, lebendig: all-erwacht
die Erde – ineinander wuchs
das Obre, Untre: ists die Welt,
ders überall geschieht, fort in
Unendlichkeit? – Im Raum
verkündigt im Geringsten, wie
das Feucht-erblinken blitzt,
sich das Gesetz. Sein Feld ist
seins-durch Unermeßlichkeit.

IV

Wäßrung von droben feuchtet nach der Glut
des Hundstags nachts die Erde: Nässe glänzt;
im Kelchaufblühn der Tropfen, augenblicks-
gesät-gepflanztem Lichtfeld, strahlt, ein Nu,
aufzückend und vergehnd die Gegenwart –
dieselbe, die das All hindurch sich jetzt
erwirklicht. Uns das heimische Geschehn,
doch drin die Einfachheit erstaunt, was ist.

V

Novembernacht. So leise näßts,
daß hier im Hof das Pflaster nur
lichtzitternd aufglänzt, drin den Grund
der Welt beschränkt ich seh: am Ziel
stört jeden Tropfens Gegenwart
was vorher war, von Blitz zu Blitz.
Das Sein der Zeit bewachend, schau
gebannt ich in ihr stetes Jetzt.

VI

Nachtregens Flüsterlaut
aus Lachen überall im Eis,
drauf Lichtschlag zittert –
ödes Bild des weitsten Tau'ns:
mein Fensterausblick. Spät
versuch ich noch, der Welt Sinn
draus mir zu erfragen. Denn,

worauf zielt alles dies Gesamt,
das schürzt und löst? Was streckt
sich durch die Zeit, was sie
nicht ist? Hab ich ein Schicksal
drin belauscht auf seinem Weg,
des sich ein Göttliches bedient?
Versteh im Schaun ich etwas,
auch es nicht versteh'nd?
Wie scheid ich von dem Anblick?
– Drauß der Regen setzt sich fort.

Zeit-unersättlicher Stein –
alpines Geröllgeschiebe,
in Flußschliffs Schotter
ufergebankt, fern im Land:
tiefenentstammt, zu Gipfeln
gehoben, losgetrennt; vom
Wasser auf seinen Weg gebracht,
zum vollkommnen Stück gerundet
und endlich abgelegt – Äonen
sind hinter ihm, vor ihm.
Ich lös ihn heraus, er
wiegt mir mit seinem ganzen
Gewicht. Nachhausgetragen,
soll er meine Winzigkeit mir
mit seiner Fast-Ewigkeit
teilen.

Am klarsten schreibt
Winterhimmeln sich ein
das entleerte Geäst der Bäume,
ihrer Kronen Graphie:
als die Wurzel der Art.
Der Linde Feinheit, bis in die
Spitzen vollkommnes Gewebe;
starr-warmer Eichen blitz-
aufsichziehnde Charakterzüge;
urholden Bergahorns in
Eigenräumen absonderlich aus-
gereckte Kraft; aufschießender
Esche Mastbaum und Takelage,
knospendicht besetzt; der
letzten Ulmen majestätisch
zartklassisches Domgeflecht.
Bäume wie Menschen – wären
Menschen gleich Bäumen erkennbar,
in ihres Winters Not zeigten sie –
aber sie zeigen sich, gegen
den Himmel!

Das atmende Blatt –
Lichtkraftwerk;
des Baumwesens
artbestimmte Gestalt:
alle die schönen Namen
Linde, Eiche, Ahorn und Buche
sprechen sich aus ihrem Laub
vom Blatt.
Durch drei Jahreszeiten

hält es sein Ganzes
im Leben wach,
mit Blüte und Frucht;
denkt zuletzt an sich selbst:
treibt Farben aus sich heraus,
läßt sich pflücken vom Wind,
hoch hinauf –
und lagert dann irgendwo
in Schütten der gleichen Art.
Regen und Reif und Schnee
decken es. Aber
die endlosen Sonnentage
haben allein sie das Jahr
durchkostet. Wie Göttern
ward ihnen das Sein.
Denn auch Götter sind sterblich.

In Scharen selbstgemischten Blütenrots,
exotisch, brach die Kaktusstaude mir,
nun's Winter wird, im Fenster auf: von Tag
zu Tag entzückter bracht den Dank ich dar,
das Wunder nicht begreifend, daß Fast-nichts
von Erde, Wasser, Licht, geringstem Grad
von Wärme, solcher Schönheit Überschwang
graugrünem Blattgestrüpp sich ausgebar:
des Lebens Preis dem Einen darzubringen,
dem der Welt.

Bunte Vogelfeder –
welches lichthellen
Himmels Erdenräume und
Bäume besitzendes Wesen
drückt sich drin aus?
Der Farben Feuer sagts.
Blickst du ihm ins dunkle Auge,
ists ein lebendiger See mit
Abgrund: nah-unendlich.

Seufzer, Schluchzen, manchmal –
Naturgeräusche, am Wasser, im Wald:
die nicht mehr geglaubte Verzauberung
gilt nur dem Gehör; aber der
Wirklichkeit Resonanzboden
erweckt ihr augenblicks doch
wieder den alten Sinn.

VII

Stückweis aus Dächern, Kaminen
hervor ins Erstaunen rückt
blendend ein Lichtmeteor – die
Halbgestalt unseres Nachtgestirns;
schiefhängend, mittendurchschnitten,
hat bald es das Freie erstiegen,
wo einsam, verspätet, der
Hochweg ihm aufwärts beginnt:
den aber sein tapferes Glänzen
– aufholender Sonne ins heißere
Strahlen verschmelzend – nicht
mehr vor Morgen vollendet:
als eine nächtliche, im Finsteren
nur sich verscheinende Blüte.

Blendendes Mondboot –
in letzter Gestalt
schwebts auf in die Nacht,
so kühn, als wenn dies
der Tag wär; und das
Morgenröte, grünlich
im Licht verschwimmend,
zuletzt ertränkt:
es beginnt sein von
Welt gewonnenes Los
der Mond alle Nacht

später, und andrer Gestalt.
Plötzlich heraufgestiegen,
erstaunt er in jeder.

Nächtliches Sonnenlicht verstrahlend,
durchsteht der Mond seines
weiterleuchteten Himmelslands
rasch getriebenen Hinzug
mit immer herrlicher Scheibe,
tritt er aus Finstergefängnissen
blendend hervor: unter ihm
glänzt die Erde, es schaun
die Tiefen und Höhn zu ihm auf,
Gewässer leuchten, durchdämmert;
das Lichtfest der Mondnacht,
himmlisch-irdisch, blüht auf
am Gewölkgeschehn, das unendlich
verschließt wie eröffnet.

Und wieder Mondnacht –
alle die Seen werden hell
im gipfelentglimmten Gebirge,
umstarrt vom deutlichen Wald,
drin schaumblendend vor Wänden
die Wässer wurzeln am Fuß;
und es lockt in die Täler zu schaun,
wo in örtlichen Räumen die Dinge
Mondscheins das Traumverwandte,

was einer glaubt, in ihrer
Sichtbarkeit leuchtenden Resten
erzählt; dahinter, schattendurchglänzt,
das Gewaltige diesiger aufgeht:
hoch, bis zu seligen Lichtgesichten
droben, wo nachtverschweben
Firns Wölbungen, drin offen
funkelt das Eis.

Des Weltlichts Schauer
steht im Gewölk.
Die Decke verschiebt sich,
Erscheinungen blühn,
ein immerfort andres
geht dort vor sich
und gießt in die Spalten,
hellweiß bestrahlt,
das selige Obre
der Mondausleuchtung.
Die Metamorphosen,
Erzählungen, Dramen
der Lichtgeschichte
unserer Nachtexistenz
entwickeln sich
schauderndem Schauen.

Über dieser nachtwachenden Erde
bewegt sich mit halbhell leichtem

Gewölk des noch jungen Monds
immer neu sich erschauen lassender
Himmel: zeigt der Gestaltungen
langes auenhaftes Zusammensein;
baut mit den silbergedehnten
Eilandsformen mit einmal ins
Größte sich um: ordnet, was
nicht mehr gilt in der Lichtverteilung,
ins Ganze; und anders das Ganze.
Im lichten Nachtgewölksbild
wandelt die Welt, sich fort-
zusetzen; und nichts kann geschehn,
was nicht aus dem Ursprung fließt.

Mondnacht

Das Meer glomm drunten auf. Der Adler sah's
und hielt auf eine Wolke zu, die schwarz
sich wie ein Vorgebirge in den Schein
hineinschob. Ob er sie erreicht? Erkannt?
Das Finstre überm tiefdurchregten Glanz
schien, reglos schwebend, fest, es hatt' nicht teil
am Schimmerlichtbereich unterm Gestirn ..
Ihm lag an Träumen nichts. Ein Ziel im Raum,
dorthinzustreben, hielt ihn angestrengt.

Fern auf dem See ist Licht –
was mag dort sein?

Könnten wir teilnehmen daran,
müßten uns nur verwandeln?
Sterben? – Seligkeiten
leben dort gewiß, sie sind
nicht Schein: ihr Wirkliches
erblüht in festem Schimmern
als ein Feld auf Tiefen,
Körperlosigkeit – warum
nicht uns? – einwohnbar; wie
Elysium. Ist es schon dies? –
Des Mondlichts Zauber, auf
dem See gewirkt, ist nie
ganz zu durchdringen.

In blauender Nachtwelt
unter dem Mond
verschieben sich schimmernde Schleier,
auferblüht, ausgehellt,
ergeben sich immer neu
an erloschene Fernen
im großen langsamen Zug, zu
Ende Dezembers; unter dem Licht
verfranst sich ihr flockiger,
weißdurchblendeter Küstensaum
antiker Nordlandfahrten
ans Ende der Welt –
so eisig der dünne Gewölksgeist,
Lichts feuernder Brandung
Glanz und Perlentau
feingesiebt – Mondnacht,
im schiebenden Wechsel Gewölks
ein stetiges An und Ab.

Nacht hat sich mit dem Mond
im Himmel eingerichtet,
düster-licht, in Bauten
des Gewölks. Umschimmert
stillstehn finstre Massen
drohend vor geträumter
Fernen Leuchten: Schein
lebt dort, ein Selig-Raum,
wie ganz für sich. Spätzeit
hat Tiefen, tagentfernt,
drin Welt sich wiederholt
auf andre Weise. Uralt
treffen sich die Mächte,
unerfunden. Mondnacht
setzt das Weltspiel zwischen
Licht und Nichtigung
zuweilen immer fort.

Am Wolkenhimmel – Fließendes,
das leise sich verschiebt – blüht
wechselnd in den Fugen Mondlicht auf:
Einstrahl füllt Aufklaffungen
plötzlich blendend hell, daß
aufwärts ich in das Bestürzende
mich werfen möchte, Seligkeiten
dort mitflammend zu genießen
unverstellten Lichts; erträumend
Selbstheit mit der Welt.

Im Vollstand hat der Mond das leichtste Spiel –
trifft schon der Erde Himmelssaal geräumt,
wo gestern noch zu Schäfchen rann Gewölk;
nichts mehr begegnet ihm: sein Strahlen hält
der Sonne Stelle ein – Erinnern, fern,
durchwaltet jedes lichtbetroffne Blatt
in seinem Schlaf; so uns: es blüht das Licht;
wo Dämmrung blendet, träumen wir im Haus.

Wie, fließend-rieselnder Gezeiten Werk,
der Strand, ebbe-entblößt, gewellt, gerippt
zurückbleibt: dehnt heut nacht sich das Gewölk,
drein, fast schon von der Seite, Licht der Mond
und Musters eignen Schatten wirft: weit ein
erhelltes Feld im Himmel. Das Gestirn
geht, selten sichtbar, nur mit einem Teil,
auf niedrer Bahn fortsetzend seinen Weg,
daß das Gemälde sich, je tiefer, mehr
ins dunkel-malerische Leuchten neigt –
bis dann, vorm Untergang am Horizont,
zur Rose es noch aufblüht und verstrahlt.
Lang hellt, von drunten, Nachschein das Gewölk.

Hoch strahlt der Mond herab in den Zweigen
im ganzen Wald: Moose empfangen Licht,
schaumblenden Stellen im Bach
zwischen Finstrem, draußen die Schonung dämmert;
es zieht dem Wandrer der Nachtgang vorbei

längs der Gunst des Gestirns. Er kommt
durch nur Nachtgesehnes: es blendet, fahlt,
verbirgt sich; es glänzt und schimmert;
seine tausend Verborgenheiten unterbricht
zauberumgrenztes Licht. Es wird
ein Fest und ein wachender Schlaf
zugleich. Ein Blick in die helle Scheibe
empfängt der Sonne noch abgewandt
widergestrahlten Tag.

Herbstmondnachts Himmel
füllt sich im Licht mit zerrißnen,
zerstrahlten Schleiern – sie
umwerben, verbinden, lösen sich;
aber unversehns irisiert das
in Aura gefangne Gestirn, sein
Strahlen wird Schein: ein Geist,
dahergekommen, regiert nun,
erweichend, verhüllend; und plötzlich
hat das Nachtganze, wiewohl
unterm Mond noch, ein andres Gesicht.

Wie pinselkühn entworfen ist Gewölk,
den Mond verbergend, dämmertiefen Lichts
Nachthimmel eingeschoben, zwischen ihm
und uns sein Fließen haltend, unverrückt,
so daß das Schauspiel darin sich erfüllt,
der Hoffnung, daß ein Strahlen sich befreit,

stets in das Schöne auszuweichen, das
Gestirns nie ausgelöschter Quell trotzdem
erschauen läßt: aus Schattenfinstrung nicht
am Licht zu zweifeln, das darübersteht.

Des Monds diffusem Wolkennest
entleuchtet nur geringer Schein:
das Dämmerfeld fahlt allgemein,
vom Fluß nur glimmert hell ein Rest.

Die breite Schnauze, die das Tal
waldfinsternd öffnet, teilen wir
mit Wildbachs Herkunft vom Revier:
mit Artemis' – des Monds – Gemahl.

Endymion rastet von der Jagd,
die Glieder längs dem Speer gestreckt;
die Göttin hat ihn nicht erweckt,
sie hat ihn nur im Tod beklagt.

Der späte Mond-Rest,
eingetrübt, bedroht
von finster an ihm fingernden
Gespinsten – Seltsamkeit
belauschter Nacht;
und doch: das Halbhell,
am Gestirn dramatisch
übergängig, überschwebt:

daß Ursprungslicht
dem schwärzendsten Gewölk
die Oberseite sonnt.

Stark abgenommen, ein lichtes,
heruntergeschmolznes Fragment,
tritt nach Mitternacht noch der Mond
seinen Bogen an, hochnebelgetrübt
bis verborgen: für uns; aber
im großen System unsres Sterns
ist er, wie alle andern, ein
hin auf ihn gerichtetes Auge,
immer des gleichen Lichts
anteilhaft, das im All uns,
die ganze Familie, bestrahlt:
und er sieht für uns mit,
selbst schräg, wessen wir
jede Nacht entbehren.

Der Mond ertrinkt! Er schwimmt
in feuchten Dunkelheiten, wird
oft nicht gesehn. Lichts Schauspiel,
das durch alle Fächer er erlernt',
gibt ihm heut nicht die Rolle,
bis zum End des Stückes
durchzustehn. Er wird,
in nächsten Szenen, auf der
Strecke bleiben. Abschiednehmend

grüßen seinen Auftritt, licht
in Selbstheit, wir ihm dankend
noch mit unserem Applaus.

Nachtgemälde

Von trübem Farbenfeuer glüht
das Nachtgewölk, wo spät der Mond
mit Dünsten unruhvoll sich mischt,
daß Schwermut, Schönheit schicksalhaft
das schwach erhellte Erdenteil
mitträumen lassen, obs auch
Himmels Drama kaum versteht.

Des Julivollmonds späte,
niedrig auferhobne Lichterscheinung
quillt im Trüben: immer
ist noch warm die Nacht,
schon morgenwärts bewegt.
Ein zitterndes Ergrausen quält
das klarseinwollnde Bild:
Nachtaugen böses Omen,
die sich gern der Welt erfreut'.

Verspätetes Nachtbild:
bald düster, bald lichtentflammt
versucht sich, rauhnächtegejagt,
viel Gewölk um den Mond:
das blendende Himmels-Trumm
versammelt auf sich
das Grundspiel der Erdenkräfte.

Diesig vernebelten Monds Himmel,
ein einzig mitfahlender Stern.
Drunter finstre, unverständliche,
schweifende Schattengebilde.
Das ermattete Licht kann nicht
bis zur Erde dringen.

In der feuchten Wolken Oberdecke
sind Lichtschlösser, offen-aufgesperrte,
eingefügt: drin hat das Mondlicht
wechselnd, scheu sein heiliges Wesen;
und auf nassem finstrem Nachtweg sieht es,
sich darein verträumend, spät ein Wandrer.

Der Mond und der ihm zunächst
um die Wette strahlnde Planet
zeigen, daß dem Trabant wie

dem Mitgenoß dies Einige sei:
die vom Großlicht des Anschauns
spiegelverstrahlte Gegenwart;
und daß die Nacht, fortrückend
mit Lichtern, die gleiche sei.

Winternacht

Bergs Waldschopf ragt
ob Nebel in den Mond:
hier ist es frei im Licht!
Drunt im Gedeckten haust
spürbar die Sehnsucht,
Phantasie, herauf. Doch
nie errät sie sich die
Herrlichkeit, die ist.

Wie Schollen zerteilt sich der Himmel,
der Vollmond der längsten Nacht
gibt Licht seinem wandernden Reich;
und Lieblichkeit, weißdurchblaute,
deckt wiederum uns die Erde.

Vom Nachthauch regen sich vor mir
im Fenster meiner Pflanze Blätter,

drauf schon hohen Mondstands Licht
sein Glänzen niederwirft:
versteh mit meinem Aug
ich diesen zittergleichen Glanz
mit allem Lebenden zu deuten?
Hohe Mondnacht, Sterne drin:
es kann, was Einzelnes drin lebt,
heraus nicht treten aus dem All.

Nach Mitternacht, inmitten der Stadt:
die Grillen des Schloßparks geben
noch keine Ruhe, daneben rauscht
endloser Nachtverkehr, und drüber
versucht der Mondrest verschlagene
Himmel zu hellen: der Lebensnacht
heute verwachte Stunde: sie sei
bezeugt.

VIII

Seine Entscheidung, lieber
geboren als nicht geboren zu sein,
begründete Anaxagoras einzig
mit der Betrachtung des Himmels
und drin der Ordnung der Welt.
Es ist das Gebliebene:
alles darunter
zerfiel uns zu nichts.

Nordländern unauszählbarn
Kristallguts Sternenraum,
Tropennächten flammend-
durchglühter Himmelsmantel:
der Völker verschiedene
Nachterfahrung der größten Welt.
Des Universums neue Vision
eines Rosengartens von Galaxien
entrückt uns indes fast vor
Ezechiels Thronblick.

Aus letzten Weltraumstiefen bringt das Licht
Entzündetheiten erstgeborner Welt
noch nah Alls Anbeginn: gestaltlos, wüst

geballt, Gehäuftes, drin sich Ordnung noch
nicht findet: Gas in Kernfusion, geklumpt;
zur Radspirale schöpferischer Zeit
erhielts noch nicht des Umschwungs Motor, die
Figur sich auszubilden. Glutinseln
nach Gottesmitternacht: es regt' zum Tag
sich hin, es wurde Licht; der Weltprozeß
hub an! Wir schaun, was wir kaum schaun gesollt.

Dort, wo Alls Schicksalsschwelle ist,
torkeln, über die Sehgrenze herein,
selbstaufgeheizte Werdewelten
ins Werkspiel linearer Zeit:
Ballungen Strahlung und Lichts,
rötern und blauern; in ihnen
erzeugt sich ein künftiges Wirklich,
das, in Gestalt getreten, den
Vergänglichkeitsweg erfüllt. Noch
leuchten die Riesenfackeln amorph,
wie ein erstes Seiend im Nichts:
doch in ihnen ist schon milliardenfach
Erwecktes zuhaus, als das
Älteste alles Erwachten: wie's
ins Ganze, aus Anfang, schaut,
wärs uns das Höchste.

Galaxien – kreuz und quer
ihre Rotationsebnen, doch

aufeinander bezogen – schweben
im gleichen Raum: unendliche
Welten, und in denen's einzeln,
unzählbar, erst Welt wird –
unwiederholbar die Blüten
an jedem Baum, und in
unendlichen Wäldern.

NGC 1232 „Feuerrad"

Das herrliche Bild der Spiralgalaxie,
in gelb-rot-grünen Wellenlängen des Lichts
unsrem Daraufblick ausgebreitet: eine
unendlich durchwohnte andere Welt;
und das zwischen jungen Fichten, auf
einer Schonung im Wald, am Regentag,
ausgespannte vollkommene Spinnennetz,
die Fäden mit glitzernden Tröpfchen besetzt:
die bis ins Einzelne göttliche All-Natur
hat eine Stelle für unser vergleichendes
Auge: unüberdenklich; ein Wunder für sich.

In Wolken kosmischen Staubs
reifen, in Nestern, zum rück-
sichtslosesten Strahlungsausbruch
der Sterne fortwährende Welt-
geburten, sogleich ihrer Brennzeit
Fackeln aufs kürzste verschwendend:

und manch ihr triumphaler Freitod
am Ende entflammt, in exotischen
Farbenringen, aufregender
Schönheiten Blüten: Astralbotanik
im finsteren, einsamen All.

Res cogitans

Nicht anders als Paris und Wien,
Rom, Leipzig, London, Amsterdam,
bewohnen Weltraums Erden, Stern
um Stern, Vollbürger dieses Alls,
das Ganze denkend wie auch sich:
die durchs Unendliche verteilt
des Sternsaals andre Lichter sind,
darin des Geistes Flamme brennt.

In den rätselhaft brennenden
Werkstätten des Weltprozesses,
allgöttlich durchs Ganze,
erwirkt sich unendlich
das selbige Jetzt; auch unserer
Sonnenfamilie durchstrahlts
den großen verschlungenen Tanz.
Gegenwart, allzugleich:
des Allgeschehns einziger,
ewiger Grund.

Unser uraltes bildbegieriges
Schauen: fürs erste Kapitel
des Weltraums, das Sonnensystem,
hats mehr erhalten als es für lang
verdauen kann: fremdartigste
Tatsächlichkeiten – des Hauptsterns,
seiner Planeten und Monde,
und viel des Kleineren, sind ihm
herangebracht, fast wie
Landvermessungen, übergenau:
auf Merkur und Venus könnten
ausgezeichnet wir uns bewegen,
der Mars ist kartographiert,
alle Monde weisen uns ihre
absonderliche Beschaffenheit
in Farbe, in Feuer und Eis;
die Gasplaneten, gescheiterte
Sonnenversuche Jupiter, Saturn,
Uranus grün, des blauen Neptun
Albedo mit ihrem Ultramarin-
Fleck, und Pluto, geisterrein
miterschimmernd: nahegebracht
sind ihre Bildlichkeiten von
innen nach außen, bis wo die
Sonne nur mehr die Sehnsucht
Licht ist in all dem Dunkel:
das Weltraum-Schauen hat
fürs erste genug. Wir könnens
noch lang nicht gewohnen,
einheimisch zu sein im
übergewaltigen Haus.

Wie in der Welt Unermeßlichkeit
und der Zeiten ein jedes
mit sich allein ist –
in ihrem mördrischen Leben
die brodelnde Sonne im
Höllenlärm ihrer Chromosphäre,
magnetischer Eruptionen,
bogig aufschießender Fackeln;
am fernen Außenrand des Systems
ein urkalter Gasplanet,
von seiner Monde winziger
Perlenkette umkreist, nur noch
blendet im Eisigschweigen:
darin wird Seins Einsamkeit,
vom schweren Anfang zum
schwereren Ende durchgestanden,
zugleich des Einen eingeborene
Seligkeit, im Andren Es Selbst
zu sein, existenz-vollzogen.
Darum ist überhaupt Alles.

Zonen

In warmen Ländern geht über
blutroten Teppich die Sonne,
das Meer blitzt blau an ihr auf
und sie ist ein männlicher Gott,
voll Lachens; während menschlicher
sie bei uns aus Morgen- ins Abend-
Dämmern blüht, und verblüht,
und zu sich erzieht unsre Seele.

Wie Schwäne, die auf einem See von Milch
die großen stillen reinen Kreise ziehn,
gehn die Planeten, immerfort das Licht,
das Räume, goldner Mitte aus, durchstrahlt,
an ihnen widerblendend: Präzision
seit schon Milliarden Jahren. Lange Zeit
hat sich zur Harmonie der Einsamkeit
in Kepler-Intervallen ausgeteilt,
die nur ein mathematisch Ohr vernimmt,
doch die des Musentanzes Regelmaß
schon Babyloniern enthüllten: auf
ins Ungeheure hebend das Gesicht.

Die Erde spinnt ihr Sonnengarn
auf schiefer Achse auf und ab
durch gleiche Umwendzeiten, daß
des Fadens wiederholter Weg
Polaritätenharmonie
zum Schwingen bringt: Natur und Maß
erschufen hier aus Weltprozeß
das paradiesische Lokal –
samt unsrem späten Auftritt. Noch
erstellt mit Jahreszeit und -zahl
sich Rechnung, menschlich; kosmisch, nicht:
die Riesendimension des Alls
hat längst uns ausgelöscht, als durchs
Unendliche geteilter Teil
des Einzigen und Ganzen. Preis
Giordano Bruno, ders erst sah!

Der Mars

Rötlichstrahlend
wirft unser nächster
Mitplanet des Familienhaupts
unbegreiflich erzeugtes Licht
zurück: wir empfangens,
abgewandt in des eigenen
Schattens Nacht, als wie
eines Sterns: das Göttliche,
das wir ihm namenverleihn,
ist freilich das Einzig-Eine,
noch aus dem Abglanz wirkend
wie aus dem Quell.

Ein Keil auf Keil treibendes Ungeschick:
der Atmosphäreschwund und
die unaufgeklärte Wasserkatastrophe,
hat unsrem erdenähnlichsten, dem
eisenoxydroten Bruderplaneten Mars
Esaus Schicksal, des Leben- und
Zukunftverfluchten, bereitet –
ungesegnet vom Höheren, blieb er
das wüstenverdammte Geschöpf,
unmäßig tiefaufgerissen und
hochaufgetrieben, und das als
soviel kleinerer Bruder als wir:
wir hätten ein Zwillingspaar, zu
welchem Austausch! sein können,
aber er starb uns in den Windeln
hinweg: zu früh abgebrochen
sein Weg ins Leben.

Gewölkfreie Nacht – Jupiter
hat jetzt das schönste Licht,
und wie einen Drachen
hoch zieht er mit sich
das geringere Strahlen Saturns:
beide, wie Lichterbäume
mit Monden gesegnet, blenden,
das unter unseren Füßen liegt,
das große Glanzfeuer wider,
entzündet zu all unsres
gottheitumtanzenden Chors
endloser Entzückung, Sonne.
So gesehen spätwinters im
heurigen Jahr. Unser großes
Sternenwerk treibt um seine Räder.

Das große strahlende
Herbstgewölbe: alle Gestirne
halten den ewigen Ort:
die ungeheuren vertrauten
Bilder, die mit arabischen
Namen, Leuchtklassen,
besetzten, funkeln als
Nachbarschaft. Dahinter
ahnt sich, ein silbriger
Traumesschleier, das Band,
das rädernd eine Gesamtheit
umschließt, auch uns.

Zwitzernd die mächtigsten,
über Armweiten verteilten
Hauptlichter, des Altertums
namentlich schon vertraute
Größte am Nachtgezelt:
unbewegt, und wie nichts,
durch Jahrtausende setzen sie
das Himmelsbild fort,
herleuchtend Gold um Gold
im Duft der wieder auf-
gegangenen Herbstnacht;
die, erdumlagernd, das
zitternde Strahlen filtert.

Kälteklar überdicht ausgestirnt
hängen des Weltalls Kulissenböden
nah-unendlich, schauderhaft drängend
herein: es glänzt von den strahlenden
Machterweisen. Der stärksten Lichter
Quinten, Oktaven, Quarten und Sexten
durchteilen auswiegend der Sphären
Tausendmaltausend. Den Raumsinnen
Auge und Ohr offenbart sich, durch-
schlungen, die Herrlichkeit dieses
Ganzen. Es brennt, es tönt das Gewölb.

Lichtausgestirnt die Nacht:
wer kann sich des Alls erwehren?
Unzählige blühende Heimaten

schicken den Gruß uns zu:
wir sind durch das Gleiche verbunden,
wie Schären im Meer,
und entfalten all unsere Seelenkraft
zum Aufflug solchen Begreifens.

Klare Nacht

Ausgestrahlt sind nächtlich alle Lichter –
welche unermeßliche Verschwendung!
Aber: wozu wären sie sonst da?
Leicht begreift sich so des Universums
Illumination: es soll erscheinen!
Alles Existente drückt sich aus.

Nachts wieder von Sternen umgeben.
Des alten Immer rätselgraues
Antlitz gibt stets nur das Eine
zu lesen: im Finstern brennen
zahllose Lichter, die Welt.
In ihr, im Dunkeln dazwischen,
schaun zahllose Augen gewiß
gleich uns die Illumination.
Daß all dies Ganze,
unendlicherweise, ist, verbindet
im Anschaun wie im Verehren
uns insgesamt: als das
einzige Wissen voneinander.
Es brennt mein allnächtlicher

Stern hoch im Osten, strahlt
Alls mir nur gröbste
Äußerlichkeit zu: sein
Wirklichsein; stößt aber
damit das Tor mir schon
auf ins letzte Begreifen:
alles geschieht in allem;
und ich hab am Ganzen teil.

O himmelüberjagende
Gefilde! Dort im Offnen
strahlt ein Stern, so groß
wie lange nicht gesehn.
Wer ists, in tiefster Nacht?
Träger des Göttlichen sind
ewig namenlos, und doch
erkennbar als dieselben.
Blüte späten Nachtlichts,
sei mir, wachend noch, gegrüßt!

So weit ist schon der Stern gerückt,
warum nur wach' ich noch?
Längst bin ich unterwegs
auf fernen Gleisen,
finde nicht zurück;
muß mich dem Schlaf dreingeben,
Träumen ohne Aufhörn:
während Himmels Kreisen
droben Ähnliches vollbringt.

Von Klaus Demus
Im Löcker Verlag erschienen:

LANDWIND

DAS UNGEMEINE FÜNKELN
DES HEN KAI PAN
Poetisch-pantheistische Fragmente
und Momente

IN DER NACHWELT
Gedichte

STERNZEIT
Kurze Gedichte

GLEICHARTIGEM ZUGEFLÜSTER